Josefina's Habichuelas
Las habichuelas de Josefina

By / Por
Jasminne Mendez

Illustrations by / Ilustraciones de
Flor De Vita

Spanish translation by / Traducción al español de
Adnaloy Espinosa

Piñata Books
Arte Público Press
Houston, Texas

Publication of *Josefina's Habichuelas* is funded in part by a grant from the Clayton Fund, Inc. and Alice Kleberg Reynolds Foundation. We are grateful for their support.

Esta edición de *Las habichuelas de Josefina* ha sido subvencionada en parte por la Clayton Fund, Inc. y la Fundación Alice Kleberg Reynolds. Les agradecemos su apoyo.

Piñata Books are full of surprises!
¡Piñata Books están llenos de sorpresas!

Piñata Books
An Imprint of Arte Público Press
University of Houston
4902 Gulf Fwy, Bldg 19, Rm 100
Houston, Texas 77204-2004

Cover design by / Diseño de la portada por Bryan Dechter

Library of Congress Control Number: 2021938606

Printed in Hong Kong, China by Paramount Printing Company Limited
June 2021–August 2021
5 4 3 2 1

For my daughter Luz María and her abuelitas Eusebia y Sonia
—JM

To my mom, who taught me a lot about Mexican cuisine.
Every time I cook, it makes me remember the love and warmth
of home. Comida con sabor a casa.
—FDV

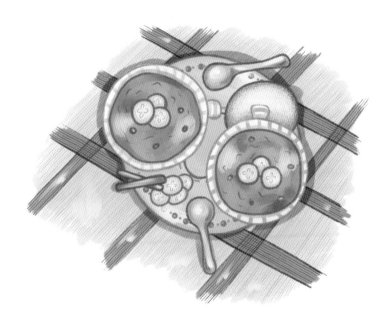

Para mi hija Luz María y sus abuelitas Eusebia y Sonia
—JM

Para mi mamá, quien me enseñó mucho sobre la cocina mexicana.
Cada vez que la cocino recuerdo el amor y la calidez
del hogar. Food with the flavor of home.
—FDV

Josefina loved to eat sweets. She loved warm chocolate chip cookies out of the oven. She loved cupcakes and candy. But Mami wouldn't let her eat them all the time because, "Sugar is bad for your teeth!"

One night, Josefina was eating a serving of flan. Mami said, "Lent is coming. It's the time before Easter when some people choose to give up foods they enjoy. This helps them reflect on their actions and brings them closer to God. This year, I would like you to give up sugary food."

"What?! How long is Lent?"

"Forty days and forty nights."

A Josefina le encantaba comer dulces. Le encantaban las galletas de chocolate recién salidas del horno. Le encantaban los *cupcakes* y los dulces. Pero Mami no dejaba que los comiera todo el tiempo porque "¡El azúcar es malo para tus dientes!"

Una noche, Josefina estaba comiendo un poco de flan. Mami dijo —Ya viene la Cuaresma, los días antes de la Pascua cuando algunas personas dejan de comer cosas que disfrutan. Hacer eso les ayuda a reflexionar sobre sus acciones y acercarlos a Dios. Este año quiero que renuncies a los dulces.

—¡¿Qué?! ¿Cuánto dura la Cuaresma?

—Cuarenta días y cuarenta noches.

"I can't give up sweets for that long!"

"What if we do it together?" her mom asked.

"Okay. But it won't be easy. When do I have to start?" asked Josefina nervously.

"Tomorrow. So, enjoy that flan because it's the last dessert you'll have for a while."

Josefina gobbled up her slice in one big bite.

—¡No puedo renunciar a los dulces por tanto tiempo!

—¿Y si lo hacemos juntas? —preguntó su mamá.

—¡Está bien! Pero no va a ser fácil. ¿Cuándo empiezo? —preguntó Josefina nerviosa.

—Mañana. Así que disfruta este flan porque es el último postre que vas a comer por un buen tiempo.

Josefina devoró su tajada de una mordida.

For the next few weeks, Josefina did not eat sweets. At home, it was easy because Mami gave her fruit instead. It was harder at school, though. At lunch, her friends ate cookies, candy and cupcakes. They wanted to share with her, and Josefina always had to say no.

"Mami, fasting is hard," said Josefina after dinner one night.

Josefina no comió dulces en las siguientes semanas. En casa era fácil porque Mami le servía frutas. Pero era difícil en la escuela. A la hora del almuerzo sus amigas comían galletas, dulces y *cupcakes*. Querían compartir sus golosinas con ella, y Josefina siempre tenía que decir que no.

—Mami, ayunar es tan difícil —dijo Josefina una noche después de la cena.

"I know," Mami said, "but there are many lessons you can learn from fasting."

"Like what?"

"Well, you are learning to set goals and overcome obstacles. In the end, your reward will be great."

"I get a reward?"

"Yes. You will get *habichuelas con dulce*, your favorite dessert, on Good Friday right before Easter Sunday."

—Lo sé —dijo Mami—, pero hay muchas lecciones que puedes aprender del ayuno.

—¿Como qué?

—Bueno, estás aprendiendo a fijarte una meta para ti misma y a no darte por vencida. La recompensa será grandiosa al final.

—¿Tendré recompensa?

—Sí. El Viernes Santo, justo antes del Domingo de Pascua, tendrás habichuelas con dulce, tu postre favorito.

Josefina's eyes lit up. "*Habichuelas con dulce*?! Yummy! But Mami, why do we only eat them on Easter?"

"It's tradition, *m'ija*, what we've always done. Now you get to carry it on."

"What do you mean?"

"This year, because you're working so hard to achieve your goal, I'm going to teach you how to make the sweet cream beans dessert."

La mirada de Josefina se iluminó. —¡¡Habichuelas con dulce?! ¡Qué rico! Mami, ¿por qué sólo comemos las habichuelas en la Pascua?

—Es tradición, m'ija, lo que siempre hemos hecho. Ahora te toca a ti llevarla adelante.

—¿Qué quieres decir?

—Como estás trabajando muy duro para cumplir tu meta, este año te voy a enseñar cómo prepararlas.

Josefina knew this was a big deal. Mami usually said she was too young to go near the stove. Learning how to make the dessert meant she was growing up.

That Thursday night, Josefina and Mami started to prepare. First they separated and washed the red beans. Then they poured the beans into a giant bowl. *Click! Clack!* They filled the bowl with warm water. *Swish! Swish!* Josefina buried her hands in the bowl and swirled the beans around. They felt like tiny pebbles.

Mami drained the beans and filled the bowl with water again. She said, "Now we have to soak the beans overnight."

Josefina sabía que esto era algo grande. Mami siempre decía que ella era muy joven para estar cerca de la estufa. Aprender a hacer el postre significaba que estaba creciendo.

Ese jueves en la noche, Josefina y Mami empezaron los preparativos. Primero separaron y lavaron las habichuelas rojas. Luego vertieron las habichuelas en un tazón gigante. *¡Clic! ¡Clac!* Lo llenaron de agua tibia. *¡Ssss! ¡Ssss!* Josefina metió sus manos en el tazón e hizo un remolino con las habichuelas. Se sentían como piedrecitas.

Mami coló las habichuelas y llenó el tazón con agua de nuevo. Dijo —Ahora tenemos que remojar las habichuelas toda la noche.

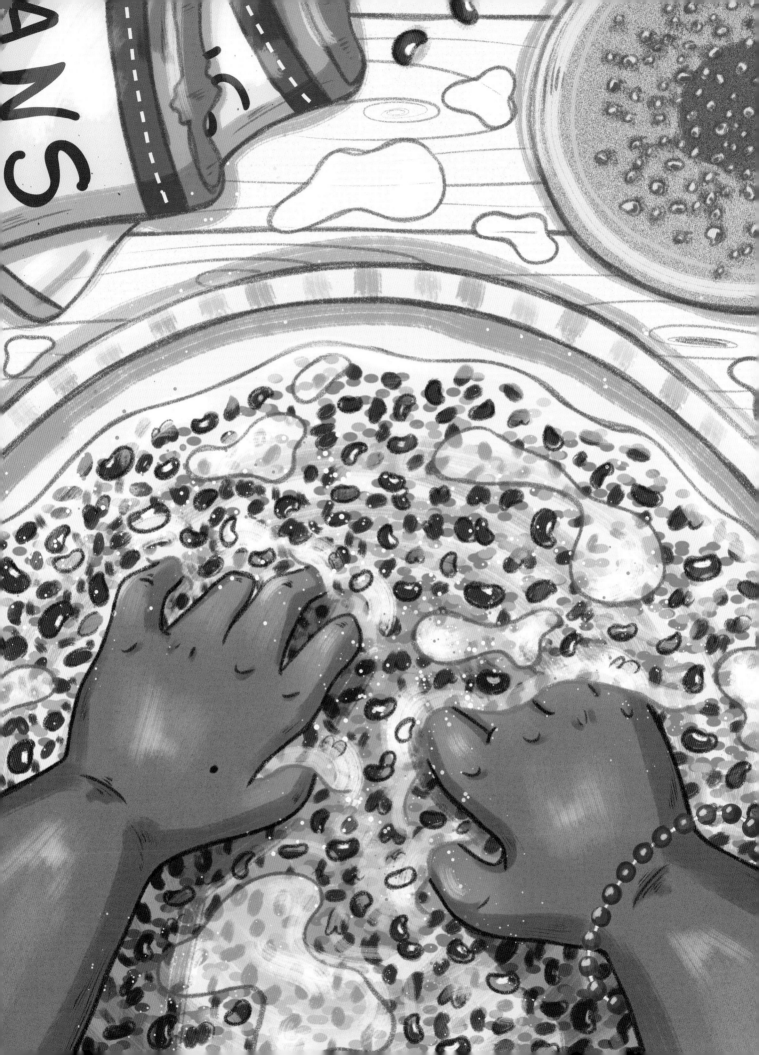

The next day, Josefina woke up, rushed to the kitchen and asked, "Have the beans finished soaking yet?"

"Yes, and now, we have to boil them," Mami said.

Josefina stood in the kitchen watching the pot on the stove.

"*M'ija*, a watched pot never boils. Go play. I'll call you when it's time."

Josefina didn't move because she wanted to be there for every single moment.

Al día siguiente, Josefina se despertó, corrió hacia la cocina y preguntó —¿Ya se terminaron de remojar las habichuelas?

—Sí, y ahora tenemos que hervirlas —dijo Mami.

Josefina se quedó parada en la cocina mirando la olla en la estufa.

—M'ija, el que espera, desespera. Ve a jugar. Yo te llamo cuando estén listas.

Josefina no se movió porque quería estar allí en todo momento.

Then the doorbell rang, and in came Tía Yesenia, Tía Xiomara and Abuela carrying large bags of groceries.

"*¡Hola!*" Abuela said as she hugged Josefina.

"*Bendición*, Abuela. Can you believe I'm helping to make the *habichuelas con dulce* this year? And I know they're going to be delicious, because I haven't had any sweets in a long time! Can you believe I gave up eating sugar for forty days and forty nights?"

"I do believe it, and because of that, these *habichuelas* are going to taste even sweeter. You're making them with so much love!"

Sonó el timbre y Tía Yesenia, Tía Xiomara y Abuela entraron cargando grandes bolsas de comida.

—¡Hola! —dijo Abuela al abrazar a Josefina.

—Bendición, Abuela. ¿Sabe que estoy ayudando a hacer las habichuelas con dulce este año? ¡Sé que van a estar deliciosas porque no he comido dulces en mucho tiempo! ¿Puede creer que prometí no comer azúcar por cuarenta días y cuarenta noches?

—Lo creo, y por eso estas habichuelas con dulce van a saber aun más dulces, ¡porque las estás haciendo con mucho amor!

In the kitchen, Mami turned on some merengue music and they danced.

Shake! Shake! Shake! "Nutmeg, vanilla, cinnamon and salt," said Tía Xiomara shaking out the ingredients in the pot.

Chop! Chop! Chop! "Here come the sweet potatoes," said Tía Yesenia slicing and dicing to the beat of the drums.

Tap! Tap! Tap! "We can't forget the milk: evaporated, condensed and coconut!" Mami said tapping the cans on the counter.

Abuela lowered the music and began to tell a story. "When I was a girl on the Island, we didn't have a stove inside the house. We cooked our beans outside over a large fire called a *fogón*. And we stirred our beans with sticks!"

"Did you really use sticks?" Josefina asked.

"We did!" said Abuela.

En la cocina, Mami puso un merengue y empezaron a bailar.

¡Zas! ¡Zas! ¡Zas! —Nuez moscada, vainilla, canela y sal —dijo Tía Xiomara espolvoreando los ingredientes en la olla.

¡Corta! ¡Corta! ¡Corta! —Aquí vienen las batatas —dijo Tía Yesenia cortando al ritmo de las congas.

¡Toc! ¡Toc! ¡Toc! —¡No olvidemos las latas de leche evaporada, condensada y de coco! —dijo Mami golpeando las latas contra la maceta.

Abuela bajó la música y empezó a contar una historia. —Cuando yo era una jovencita en la Isla, no teníamos una estufa dentro de la casa. Cocinábamos las habichuelas afuera, en una hoguera grande llamada fogón. Y ¡removíamos las habichuelas con palos!

—¿De verdad usaban palos? —preguntó Josefina.

— ¡Sí, así lo hacíamos! —dijo Abuela.

By now, the pot on the stove was bubbling and gurgling loudly. *Blurp! Blurp!* Hot water hissed and splashed. *Sssss!* Steam rose up to the ceiling.

"Are the beans ready yet?" Josefina asked.

Mami spooned up a few and squeezed one. It was mushy between her fingers.

"Yes. Now we let them cool and put them in the blender."

Para entonces, ya la olla en la estufa estaba burbujeando y resonando fuertemente. *¡Plop! ¡Plop!* El agua caliente siseaba y salpicaba. *¡Sissss!* El vapor subía al techo.

—¿Ya están listas las habichuelas? —preguntó Josefina.

Mami sacó unos granitos con una cuchara y apretó uno. Estaba blandito.

—Sí. Ahora las dejamos enfriar y las ponemos en la licuadora.

Once the beans were cooled, blended and put back into the pot, Mami and Josefina waited for them to boil again.

"Mmm," Mami said as she smelled the beans, "This reminds me of Papá's hugs when he would hold me in his lap and feed me *habichuelas* on Easter Sunday."

Josefina inhaled the sweet smell and said, "This reminds me of all the desserts in all the world that I haven't eaten in almost forty days and forty nights!"

Everyone laughed.

Una vez que las habichuelas se enfriaron, se licuaron y se pusieron de vuelta en la olla, Mami y Josefina esperaron a que volvieran a hervir.

—Ñom —dijo Mami al oler las habichuelas—, esto me recuerda los abrazos de Papá cuando me sentaba sobre su regazo y me daba habichuelas los Domingos de Pascua.

Josefina inhaló el dulce aroma y dijo —¡Esto me recuerda todos los postres del mundo que no he comido en casi cuarenta días y cuarenta noches!

Todas rieron.

Josefina added the sweet potatoes, raisins and salt. The aroma of cinnamon and sugar swirled up from the pot and perfumed the air.

"Mmmm," she said, "now it smells like love and happiness!"

Abuela stirred the beans, took a taste and said, "They are done. In fact, it's the best pot of *habichuelas con dulce* I've tasted in all my life." Abuela winked at Josefina.

Josefina agregó las batatas, las pasas y la sal. El aroma de la canela y el azúcar salía de la olla y perfumaba el aire.

—Ñom —dijo—, ¡ahora huele a amor y a felicidad!

Ahí fue cuando Abuela removió las habichuelas, las probó y dijo —Ya están listas. De hecho, esta es la mejor olla de habichuelas con dulce que he probado en toda mi vida. —Abuela le guiñó un ojo a Josefina.

After dinner, Josefina's cousins, aunts, uncles and friends came over to enjoy the sweet beans. Tía Xiomara and Tía Yesenia gave out cassava bread and milk cookies. Everyone but Josefina began to eat.

After a few bites, Papi looked up from his bowl and asked, "Who made these *habichuelas con dulce*? It's delicious! I can taste the love!"

Josefina stood up, took a bow and said, "I made it! With Mami, Abuela and my aunts."

"That's wonderful! Where's your bowl? Aren't you going to eat some?"

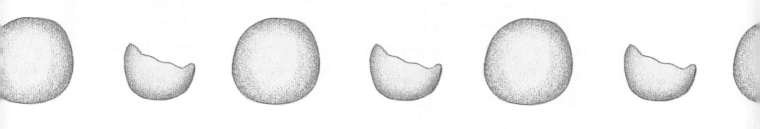

Esa noche, los primos, tías, tíos y amigos de Josefina fueron a su casa a disfrutar de las habichuelas dulces. Tía Xiomara y Tía Yesenia repartieron casabe y galletitas de leche. Todos, menos Josefina, empezaron a comer.

Después de unas cuantas cucharadas, Papi levantó la mirada de su tazón y preguntó —¿Quién hizo estas habichuelas con dulce? ¡Están deliciosas! ¡Puedo saborear el amor!

Josefina se paró, hizo una reverencia y dijo —¡Yo las hice! Con Mami, Abuela y mis tías.

— ¡Qué maravilla! ¿Dónde está tu tazón? ¿No vas a comer?

"No. I have to wait until Easter Sunday, when my fasting is over. But that's okay, because I like my *habichuelas con dulce* cold."

That night, almost everyone had a second serving of Josefina's *habichuelas*. As the room filled with music and laughter and the air smelled of sugar and spice, Josefina didn't feel sad that she wasn't enjoying her dessert. Her heart filled with joy when she saw how happy everyone else was, eating the *habichuelas* she had made with love. That was the sweetest feeling of all.

—No, tengo que esperar hasta el Domingo de Pascua, cuando se acaba mi ayuno. Pero está bien, porque a mí me gustan mis habichuelas con dulce frías.

Esa noche, casi todos se sirvieron dos veces de las habichuelas de Josefina. Al llenarse el cuarto de música y risas, y el aire con el olor a canela dulce y azúcar, Josefina no se sentía triste por no estar comiendo su postre. Su corazón se llenó de alegría cuando vio lo feliz que estaban todos, comiendo las habichuelas que ella hizo con amor. Ese era el más dulce de los sentimientos.

Jasminne Mendez, a Dominican-American poet, educator, playwright and award-winning writer is the author of *Island of Dreams* (Floricanto Press, 2013), which won an International Latino Book Award, *Night-Blooming Jasmin(n)e: Personal Essays and Poetry* (Arte Público Press, 2018) and *Machete* (Noemi Press, 2022). *Josefina's Habichuelas / Las habichuelas de Josefina* is her first picture book, and she looks forward to writing more stories that Dominican-American children will be able to relate to and connect with. She is an MFA graduate of the creative writing program at the Rainier Writing Workshop at Pacific Lutheran University and a University of Houston alumni. She lives, writes, works and mothers in Houston, Texas, with her husband Lupe and daughter Luz María.

Jasminne Mendez, una poeta, educadora, dramaturga y escritora de origen dominicano-americano y ganadora de premios es autora de *Island of Dreams* (Floricanto Press, 2013), ganadora del International Latino Book Award, *Night-Blooming Jasmin(n)e: Personal Essays and Poetry* (Arte Público Press, 2018) y *Machete* (Noemi Press, 2022). *Josefina's Habichuelas / Las habichuelas de Josefina* es su primer libro infantil y espera escribir más historias con las que se identifiquen los niños dominicano-americanos. Mendez se recibió del programa de escritura creativa Rainier Writing Program de Pacific Lutheran University y de la Universidad de Houston. Vive, escribe, trabaja y cuida de su familia en Houston, Texas, con su esposo Lupe y su hija Luz María.

Flor de Vita was born in Veracruz, Mexico, where she found her passion for painting and writing about Mexican traditions and the folktales that she heard from her mother while growing up. She graduated with a BA in Animation and Digital Art and received a postgraduate diploma in Children´s Book Illustration. She illustrated *When Julia Danced Bomba / Cuando Julia bailaba bomba* (Arte Público Press, 2019), *Just Once Itsy Bitsy Little Bite / Sólo una mordidita chiquitita* (Arte Público Press, 2018) and her self-published books, *Ix Chel* and *El collar perdido*. She currently resides in Tokyo, Japan, where she continues to work on new projects full of color and tales from around the world.

Flor de Vita nació en Veracruz, México, y allí encontró la pasión por la pintura y la escritura de las tradiciones y cuentos populares que su mamá le contaba cuando estaba creciendo. Tiene una licenciatura en animación y arte digital y una post certificación en ilustración de libros infantiles. Ilustró *When Julia Danced Bomba / Cuando Julia bailaba bomba* (Piñata Books, 2019), *Just One Itsy Bitsy Little Bite / Sólo una mordidita chiquitita* (Piñata Books, 2018), *Ix Chel* y *El collar perdido*. En la actualidad, vive en Tokyo, Japón, donde continúa trabajando en nuevos proyectos llenos de color y cuentos de todo el mundo.

A NOTE FROM THE AUTHOR

Habichuelas con dulce or sweet cream beans is a traditional Dominican dessert that is usually only prepared and eaten after Lent on Easter weekend. The origins of the dessert are unknown, but some have said it is derived from and similar to a Turkish dish called Ashure also known as "Noah's Pudding" since it is made with similar ingredients and also eaten after a period of religious fasting. *Habichuelas con dulce* can be eaten hot or cold and is usually served with cassava bread or a small round cookie made specifically to accompany the dish. Dominicans like to make large quantities of the dessert to share with family and friends.

I grew up eating *habichuelas con dulce* almost every Easter. As someone who's always had a sweet tooth, I remember looking forward to the dessert and enjoying it both hot and chilled. My mother would make the *habichuelas* over a couple of days and then invite all of our friends and family over to share it. Some of my fondest family memories come from sitting in the kitchen with a bowl of the decadent dessert listening to my parents share stories of their life back on the Island.

Habichuelas con dulce

Ingredients

1 lb red beans—softened with 1 cinnamon
    stick
2 cans evaporated milk
1 can sugar free coconut milk
1 can condensed milk
½ cup sugar
8 sweet cloves

1 tsp nutmeg
½ cup raisins
1 lb sweet potatoes—peeled, cut into
    rounds and boiled with salt
1 tbsp vanilla extract
¼ tsp salt
1 tbsp butter

Preparation

1. Soften red beans by soaking them in water overnight.
2. Boil, then blend the softened red beans. Drain them.
3. Add the evaporated milk and coconut milk into a large pot on high heat.
4. Bring to a boil.
5. Add the sugar, condensed milk, cloves and nutmeg.
6. Cook on medium heat for 15 minutes.
7. Then add the sweet potatoes, raisins, salt, butter and vanilla.
8. Simmer on low heat for 15 minutes or more until it reaches desired consistency.
9. Serve hot or chill in the refrigerator overnight and serve cold.